푸른 몽상가

푸른 몽상가

펴 낸 날/ 초판1쇄 2024년 10월 31일
지 은 이/ 김경섭

펴 낸 곳/ 도서출판 기역
편   집/ 책마을해리
출판등록/ 2010년 8월 2일(제313-2010-236)
주   소/ 경기도 파주시 회동길 363-8 출판도시
            전북 고창군 해리면 월봉성산길 88 책마을해리
문   의/ (대표전화)070-4175-0914, (전송)070-4209-1709

ISBN 979-11-91199-53-6 (03810)

※이 책은 친환경 재생용지로 만들었습니다.

김경섭 시집

푸른 몽상가

ㄱ

시란 무엇인가

시란 꿈과 환희의 말이며 또한 슬픔과 번뇌의 깊이를 만끽할 수 있는 내적인 요소들의 집합이다.

좀처럼 쓰러지지 않는 투사들의 넋을 가장 아름답고 선명하게 혹은 미지의 파문을 던지는 우리 삶의 연공을 나르며 개성적인 시각으로 그려놓은 한 폭의 수채화를 시간과 공간 속에 전시해 놓은 소장품들이다.

또한, 시는 사랑의 노래이며 이별의 노래이다. 우린 살아가면서 숱한 사랑과 이별해야 한다. 그것이 우리에게 주어진 숙명이다. 시는 이 숙명적인 삶을 하늘에 떠가는 구름처럼 보다 넓은 자유의 영역에 몸담을 수 있게 하는 마음의 꽃이다. 어떤 사람이든 그 마음에 꽃을 피울 수 있는 능력을 지녔다. 그러나 모두가 그 꽃을 피

우지 못하고 그것을 두려워함은 진실된 마음을 소유하
지 못했음이다.

진실된 마음을 갖는다면 순수함을 감지할 수 있는 눈
을 얻게 마련이니 그 눈으로 세상을 본다면 보다 폭넓
은 이성의 세계를 구축할 수 있으며 그 안에서 시인은
나룻배를 타고 꿈속을 가듯 감성의 거적을 벗겨가는 것
이다.

시인이란 어린아이가 되고 어른이 될 수 있는 심적 소
유자이며, 이 세상의 미와 추함을 개성적인 시각으로
가장 선열하고 자유롭게 관찰할 줄 아는 관찰자이며,
신의 숨소리를 인간의 고뇌를 광명을 시라는 장르에 가
장 정교하고 심도 있게 접목할 수 있는 원예가이다. 또
한, 시인은 말보다는 침묵으로 말하고 이론가보다는 실
천 행동가이며 세상을 안을 만큼 넓은 안목과 마음을
가진 생활 속의 공상가이다. 공상은 시인이 그의 세계
로 이르게 하는 상념의 창이다. 많이 보고 많이 느끼며

세상에 펼쳐진 삶의 언어들을 가슴에서 정제해 이면지 위에 재구성하는 편집가인 것이다.

시를 쓴다는 것은 참답게 자아를 확립하는 것이며, 참답게 자아를 확립한다는 것은 삶과 죽음의 문턱을 오가며 비극적인 체험을 통해 삶의 진실을 깨우치는 기호를 만들어 가는 것이다.

나는 내가 서야 할 자리를 찾기 위해 끝없는 방황을 해야 했고, 영원히 그 방황은 끊이지 않을지도 모른다. 변신을 꿈꾸는 인간의 끝없는 여행이 인생의 속성이라면 말이다. 그 방황 속에서 그 누구도 아닌, 보다 나이기를 고집하며 삶의 이정표를 남기기 위해 나는 노래한다. 자연의 숨소리를, 우리 마음의 기쁨과 슬픔을, 야누스가 되어 가는지, 이미 되어버렸는지 애매한 사랑과 이별을.

김경섭

차례

◎ 푸른 몽상가

도심의 고요

외로운 가로등 불빛만이
찬란히 빛나는
도심의 고요

고층 빌딩 사이로 피어오르는
안갯길 따라
자꾸만 흘러가는 마음 하나

어딘가에 머물고 있을
나의 촛불을 찾아 떠도누나

어둠이 삼켜버린
도심의 소음, 지열, 먼지
그리고……

고요는 깊어만 가고
어둠은 밤을 지배한다

뜸북새

푸른 들녘 한산하고 찾는 이 없건마는
저기 우는 뜸북새 왜 저리 슬피 우나
짝 잃은 슬픔인가 집 잃은 아픔인가

네 사랑 어데 가고 혼자 와 우짖느냐
반갑구나 너의 소리 언제 듣던 소리더냐
뜨음북 울음소리에 마음 병이 사라지누나

가지 마라 뜸북아 나와 함께 같이 살자
세상은 변해가도 이 마음은 변함 없다
벗 삼아 우리 삶을 초야에 맡기우리

추산(秋山)

산은
추풍에 돛 달고
나는 꽃마차.

푸른 하늘에
떠도는 구름은 파도이어라.

밀려왔다 물러가는 파도 속에
어느덧 꽃마차는
잎이 다 졌구나.

몸은 아파도 마음은 하나

라디오에서 흐르는 노랫소리와
탁상시계 소리만이 맴돌 뿐
그 이상, 그 이하의 그 무엇도
지금 내 곁엔 없다.

멀리서 들려오는 기차 소리와
귀뚜라미 우짖는 소리만이 들려올 뿐
나의 아픔을 같이할 사람은
그 어데서도 날 찾지 않는다.

불어왔다 밀려간 바람 속에
잊혀가는 어느 낙엽 지는 날 밤의 고독과
병마와 싸워 지친 몸만이
이 밤의 고요함을 지킬 뿐
이 한 몸 가눌 힘이 내겐 남아 있지 않다.

그러나,
몸은 아파도 마음은 하나

사랑하는 부모님 당신은 나의 전부입니다.

이 세상 끝이 온다 해도

당신은 우릴 사랑하고

나 또한 당신을 위해 존재합니다.

비록 몸은 아파도

황혼의 빛을 남기고 사라져 가는 태양을 사랑하리,

이 세상 죽음 앞에 쓰러져 가는 생명의 숨소리를 사랑

하리,

아가의 웃음, 그 안에 비친 순수함을 사랑하리,

호흡하는 대지의 풍요함을 사랑하리,

비록 몸은 아파도

언제나, 언제까지나 마음은 하나

귀휴

간다는 말 못 하고 나는 떠나오.
끝없이 침전하는 낙엽이 되어
바람에 실려 자꾸만, 자꾸만,

무거운 마음 안고 기약도 없이
나부끼는 머리카락 사이로 찾아온
차가운 이별이기에
나는 더욱 슬프오.

마음에 깊은 시름은 저녁노을 되어
황혼 속으로 사무쳐오고
검은 눈동자는 갈 곳을 잃어
방황하는데,
내 진정 쉴 곳은 어디에……

어디로 떠나냐고 물으시면 나는 말 못 하오
진달래 필 적에 왔다가
잠깐 머물다 간 바람이라 생각하세요

피곤한 뇌리를 이끌고

이젠 아주 조용히 갈테요.

아침이 오는 소리

자, 이제 눈을 비비며
자리에서 일어나자
밖은 어두워도
밖은 눈서리 내려 차가워도

오, 이 넓은
대지의 심장을 두드리는
새벽녘, 닭 울음소리
새들의 아침 노래

와, 저기 동산이 열린다
모든 만물이 잠에서 깨어나 합장한다

아침이 오는 소리
우리 숨결에 머물게 될지면
밤을 지키던 어둠은 물러가고
태양의 숨소리는
조용히 우리 품에 안긴다

탑골을 지키는 사람들

기미년의 함성이
잠들고 있는
이 도심의 한복판

탑골의 숨소리를 지키기 위해
오늘도 이곳을 찾는 이가 있어
외롭지 않은 공간

한민족의 함성이 있어,
구구 소리 지르며
이 공원의 그늘을 지키는 전서구가 있어,
색소폰을 연주하는 어느 노신사가 있어
외롭지 않은 사람들

따뜻한 인정을 찾고,
친구를 찾고,
문명 속에 묻혀버린 옛 기억을 찾는 사람들

비록 몸은 늙어 비틀거려도
모진 세파 속에 시달려 마음 아파도

그러나
이들을 지키는 사람이 없어
훈훈한 이 사회의 보살핌이 없어
오늘도 그들의 눈엔
회심에 찬 고뇌의 눈물이 흐른다.

찬 바람이 스쳐 지나간 거리엔
크리스마스 캐롤 울리고
자동차 바삐 지나가도
우리 어두운 세상을 지키는
이들의 가슴은
언제나 겨울,

슬픈 색소폰 소리만이 친구 되어
외로움을 달래지만
오늘 이곳을 지키는 사람들을
내일은 누가 지킬 것인가?

구속(拘束)
― 나의 구속은 강요의 구속이 아닌 연(緣)의 구속이다

뭇 사람들 매서운 눈초리에
나의 영혼은 잠들었습니다
날카로운 서릿발에 찢기어

차가운 바람 두 볼을 스쳐
나의 머리를 헝클어 놓았습니다
마음의 찢겨진 병풍을 치고

어둠아, 날 묻어다오
끝없이 머나먼 미지의 세상
그곳으로 날 보내다오

그러나, 부모님이 날 구속하고
이 사회가 날 구속하고
또 내가 날 구속하니
내 마음 아닌 내 마음 안고
난 내일을 꿈꿔야 합니다.

백설기

내일은 또,
그 누구의 생일이 있길래
하늘은
이리도 하얀
백설기를 만들까

가랑눈 위에 싸락눈

또 그 위에 함박눈

어머니 솜씨를 자랑하듯

차곡차곡 쌓여가는

하이얀 눈가루

날이 새면

이 넓은 대지의 가슴에

신의 축복이 내려

하얀 백설기가 된다

그 누구의 멋들어진

생일상이 된다.

눈 내리는 밤

우리들 가슴에
그리움이 남아 있다면
눈 날리는 밤 눈길을 걷자

가슴 저리게 밀려드는
그리운 어린 시절
순수한 마음에 닥쳐오는
개구쟁이들의 짓궂은 장난

이젠 발자국만을 남기고
사라져 가야 하는 지난날들이
쉬이 잊히지 않음은
오늘 밤 내가
그때 그 시절 그 추억에
홀로 서 있음이라

가로등 불빛 아래 고요히 내리는 눈은
나의 침실에 이부자리를 만들고

진실을 만들고
사랑을 만든다.

이젠 떨구어 버리자
아직 내게 남은 미련들을
저기 하나둘씩
사라져 가는 발자국에 실어
아침이면 찾아볼 수 없는
길 위에 자취들처럼

내 마음에

내 마음에
하얀 종이 한 장 꺼내어
나는 밤마다 글을 쓴다

제목은
내 마음이 그것 – 자유를 위한 노래.

갈피를 잡지 못해
이곳저곳을 헤매는 희미한 기억 속에
혼자가 된다는 건
무엇을 위한 내 마음의 공간인가?

내 마음 펼쳐 놓은 흰 백지 위에
펜을 들어 나를 대신해
글을 써줄 너는 누구인가?

핑크빛 노을 진
해변의 고요함을 노래하고 싶다

눈물이 있는 곳에

애틋한 사랑의 속삭임을 전하고 싶다.

네가 아니면

나에게 펜을 다오.

흔들리는 시간 속에 나부끼어

영혼이 잠든 무덤 위를 지나

길 잃은 노루처럼

정처 없이 산과 계곡을 누비며

내 마음에

온전한 집을 지을 때

나는 남기우리, 한 줄의 이정표를.

갈대의 합주

진눈깨비 휘몰아치는 날
된바람 스쳐 지나는 들녘에 가 보았나?
갈대의 합주회를 듣기 위하여

잎사귀를 서로 부대끼어
바이올린 켜고
바람은 잠시
풀피리를 불며 지나가고
갈대꽃은 어느 합주회의 지휘자가 된다.

하얀 붓대를 치켜세운 갈대는
청잣빛 캔트지에
우리들 마음에 펼쳐진 꿈의 나라를 그리고,
때로는 햇살에 어우러진 조각구름을 그리며,
때로는 황혼에 젖어있는 저녁노을을 그리고,
때로는 땅거미 내려앉아 저 멀리 손짓하는 별님을 그린다.

이제 눈을 감고

고요히 흐르는 이 밤의 연주회를 듣자

그리고,

갈대가 전해 준 옛이야기를 담아 고이 간직한

손때 묻은 삶의 샘터

거기 숨겨진 옛 연인들의

사랑을 노래하자.

그리운 친구여!

서해의 부서지는 은빛 물결들이
여기 모여 한데 어우러진 배움의 전당
나 오늘 다시 찾노라.

친구여,
우리가 오가며 쉬어가던
녹지대는 어데 가고
여기 콘크리트 건물만이 버티어 섰느뇨

친구여,
우리가 헤어진 지 어언 칠년이란 세월이 흘렀구나
세월이 흐르면 우린
또, 과거와 현재의 끊임없는
의식 속에 묻혀 살겠지?

친구여,
기억하나 우리의 귀갓길을
나는 앞에서 자전거를 몰고

너는 뒤에서 부릉부릉 시동을 걸었지

마치 자동차를 운전하는 양

때때로 가게에 들러 핫도그도 사 먹고

넌 전자오락도 즐겨했지

비가 오나 눈이 오나 난 널 위해

자전거를 타고 등교해야 했고

그것이 내가 너에게 줄 수 있는 아주 작은 사랑이었어

친구여,

그때 그 자전거는 이미 사라진 지 오래,

어느 고물 수집상의 고물 더미에 쌓여 있던지

아니면 형체가 변해버린 철물로 재생되어

어느 기계의 부품이 되어 있겠지?

친구도 가고, 추억도 가고, 시간도 가버리면

우린 또 삶의 무게를 지울 순 없어

친구여,

우린 같은 족속의 인간이면서

서로 다른 양면성을 지녔었지

네가 장애인이라는 그 한 가지로

그러나 친구여,

장애인이라는 것에 너무 골몰할 필요는 없어

이 세상에는 장애인 아닌 장애인이 너무도 많으니까.

자신의 뒤를 볼 수 있는 식견은 없으면서

남의 험담을 일삼는 사람들.

땀과 노력 없이 쉽게 돈을 벌겠다는 한탕주의자들

인간의 원초적 감정을 잃고 사는 사람들 등등

인간은 누구나 조금씩 장애를 갖고 살지

그러나 자신이 장애인이라는 그 사실을 인정하려 하지 않음은

자기 마음속에 편견이라는 혹을 달고 있음일 게다

육체적으로 정상이나 정신적인 불구자라면 무엇하겠는가

겉치레가 그 아무리 화려하면 무엇하겠는가

인간은 마음에서 표출되는 온화한 정으로 사는 것

그러니 친구여,

이 세상 사람들이 그 아무리 많은 핍박을 가해와도

나는 당신 같은 장애인이 아니라는 자기 철학을 가지고

선인들이 남겨준 삶의 교훈을 들으며

세상살이 한 그루 나무를 키우듯 그렇게 살자

친구여,

지금 밖은 봄비 아닌 봄비가 내리고

안개 낀 교정의 전경은 나를 더욱 슬프게 하는군

촐촐 내리는 빗줄기는

가라앉은 졸업식장을 더욱 우울한 분위기 속으로 몰아넣어

모두가 웃음을 잃었구나, 친구여

그러나, 친구여!

난 이들이 좋아

순수하고 때 묻지 않은 이들이 좋아

내일을 꿈꾸는 이들이 좋아

비록 예측할 수 없는 삶의 돛단배를 타고 항해할지라도

우리 마음에 와닿는

생명의 근원에서 다가온 꾸밈없는 삶을 지녔다면

난 이들이 좋아

친구여,

우린 삶의 굴레 속에 갇혀 살지라도

'나'를 잃지 말고 '너'를 생각하며

오늘 또 한 줄의 참회록을 쓰면서

신께서 우리에게 주신
자연의 숨소리를 잊지 말고 살자

그리운 친구여, 그럼 안녕
이것이 너와 마지막 인사가 될지라도
너에 대한 그리움은
내가 한 줌의 사리를 남기고
사라질 때까지 영원하리

망월

정월이라 대보름
하늘 소리, 땅 소리, 사람 소리가 한데 어울어진
마을 앞 회당 공터엔
웃음꽃 가득 담아
동네방네 여기저기 뿌리우고
할머니 이마에 주름이 하나 더 얹혀져도
오늘만은 젊음이 가득하다오

징 소리가 메아리쳐 올지면
지난해 묵은 액은 태워 날리우고
짚단으로 줄을 들여 동내를 휘어 감은 후에
남정네와 아낙네로 편을 갈라
줄다리기하고 나면
언제나 아낙네의 승리라오

올해도 풍년일세
동네방네 흥에 겨워 어깨춤을 추고 나면
석양의 지는 노을 등에 지고

둥실둥실 달님네가 떠오나니

달맞이 구경가세

지금 비추고 있는 이곳은

모진 세파 속에 꺾여진 노송들의 묘지

달님네야 비추소서

홀씨에 싹이 트고 아기 우는 소리 들릴 때까지

잠자는 대지를 깨우소서 달님네야

지금은 부는 바람이 차가우나

그때는 젊음이 있어 따스하리

검은 산

오월의 푸르름도
시월의 풍요롬도
삼켜버린 검은 산

북풍에 떨고 있는 나무도 없고
바람만이 능선에 노닐다 외롭게 사라지는
내 마음 외는 검은 산

아, 그 얼마나 많은 나무와 곤충들이
붉은 기둥과 검은 연기 속에서
뜨거움에 데이고 연기에 질식해
죽어 가야만 했는가
인간은 또 그 오만함으로
우리들 삶의 푸르름을 앗아간 것이다

잔인한 채찍의 자취
쉽게 가시지 않는 까닭에
검은 산에 봄은 쉬이 오지 않지만

난 아직 내게 남은 외로움을 위해

검은 산의 푸르른 날을 기다릴 거외다.

외숙을 떠나 보내며

가지 많은 나무 여기 쉬려 잠이 드니
3월의 푸른 하늘이여
이 땅의 따사로운 온기여
비 오는 날 몸을 씻기우고
눈 오는 날 흰 베옷 입혀
양지녘 잔디 풀 엉켜진 언덕에
편히 쉬게 하소서

눈물 흘리는 사람들
그 눈물로 마음의 미련들을 떨쳐버리고
하늘의 꿈들을 가꾸게 하소서

따뜻한 날을 택해 당신께서 부르셨나니
이제 무덤가 한 송이 흰 백합으로 환생케 하시어
창의(唱衣)하는 그의 열매들 앞에
아른한 향기로 다가갈 수 있게 하소서

먼 훗날 아주 먼 훗날

다시 만나는 혼백이 있어 외롭지 않음을
당신께서 아시는 까닭에
그분 또한 알게 하소서

햇살이 자꾸만 나의 눈시울을 산란케 하는 하늘가엔
조각구름 너울져
어젯밤 꿈속 당신 모습이 다 뵐 듯합니다
흰 마포 자락 입고
오랜 병고에서 헤어났다며
날 찾던 당신 모습이

푸른 몽상가

넓은 들
지는 노을
여기 희미한 의식의 솟구침을 아름 안은
젊은 노파가 있소

검은 얼굴
거친 손마디
여기 삶의 이정표를 남기고픈
젊은 농군이 있소

모두 떠난 하늘
젊음을 잃고 사랑도 식어버린
시골내기 방랑자

문명을 등지고
초록의 물결 속에 헤엄치는 녹색 시인

노래는

실존의 벽을 허무는 청량제

바람과 구름을 벗하여 산을 찾는
여기 젊은 몽상가가 있소

돌고 도는 메아리
잔잔히 코끝을 흐르는 나무와 꽃들의 체취
거기 사랑하는 내가 있어 외롭지 않음은
신께서 내게 주신 소중한 선물

하루가 가면 또
생의 책갈피를 넘기우며
참회에 젖는 나는
끝없이 떠도는 행성인가보다

망각(忘却)의 강

바람이 분다
공허한 대지의 가슴에
오동나무 끝을 스쳐간 바람은
대나무 숲을 넘기울 듯 세차다

망각의 강,
나는 그 무엇을 남기운 채
강 언덕에 섰다

흰 눈 내리던 그 날의 그 처절함
그 무엇으로도 채울 수 없는 텅 빈 가슴
그 또한 날리는 눈보라에 떨쳐 보내야 했던 날
나는
아카시아 가지 위에 떨고 있는
한 마리 비둘기가 되어 있었다

한순간의 망각이었을까
너는 아느냐

긴 겨울밤 불면의 밤을 지새는 실존자여,
사랑의 가슴앓이를

이젠 혼자 사는 법을 배워야 한다.

거친 광야에 버려진 몸은 내가 일으켜 세워야 한다
그 누구도 날 찾아
나의 손 잡아 줄 사람 없으니

얼어붙은 강
그 위를 달리는 바람은
한 차례 눈보라를 내며 강을 건넌다
건너편 강가엔
맞아 반겨줄 인적조차 없는데
바람은 한사코 강을 건넌다

망각의 강은 흐르지 않는다
잠시 운행을 멈추고
토해낸 시간의 자취를 따라
역류하는 것이다

멀리서 교회 종소리가 들려온다

너울너울 울려 퍼지는 종소리는

슬픈 마음에 회색빛 하늘을 선사한다

희미한 빛은 나의 몸을 동여매고

묶인 나에게

매서운 채찍을 가하는 바람은 끊이질 않는다

슬퍼도 눈물 흘리지 못하는

고독한 족속 너 애달픈 사람아

노래를 부르자 슬픈 파랑새의 이야기를

목에서 피를 토하고 두 볼이 상기될 때까지

그래서 저 망각의 강을 깨우고

나는 곤한 잠을 청해야겠다

그림자들의 방앗간

빛과 사물의 이중주 속에
노니는 그림자

태양이 운행을 멈추면 그 또한 멈추는
고정된 실체의 그림자

태양이 운행을 멈춰도 의지에 따라 역동하는
동적인 그림자

인간의 과오와 선의의 짐을 지고 뒤따르는
허상의 그림자

그러나 여기 그림자들의 방앗간이 있습니다
아무도 의식할 수 없는 태초의 저녁
그것은 어둠입니다

어둠 속에선 아무것도 볼 수 없으니
사물의 실체는 사라지고

인간의 의식만 살아 호흡하며

오래잖아 그것마저 무거운 어둠 속에선 그 힘을 잃게

마련이니

그야말로 무의 세계, 정제된 세계가 펼쳐집니다

그러나 빛과 어둠의 혼탁한 세상에 살고 있는 우리는

이런 세계를 의식할 수 없으니

참회와 회개의 눈물이 적은 까닭입니다

아침 바다

아침 햇살 등에 지고
갈대들이 춤추는
아침 바다에 가 보았네

갈매기 낮게 날고
뱃사람들의 꿈을 실은
아침 바다에 가 보았네

고깃배는 멀리 떠나고

텅 빈 바닷가 모래 위에 서성이며

내 품에 스며드는 슬픔에

먼 하늘을 보았네

수평선 너머

저편 사람들의 삶의 고뇌를 토한 듯

밀려드는 파도

진줏빛 물결을 듬뿍 실어

부서지는 파도

마지막 하얀 거품을 바닷가 모래 위에 토해내는

대양의 청소부를 나는 보았네

방문 밖 저편

방문 밖 저편
기와지붕 용마루엔
참새들 서로 쪼아대며 재잘대고
매실나무 가지마다 매화 만개하니
실바람이 느티의 손을 흔든다

방문 밖 저편
죽림에 묻혀 잠을 자던
산새들 잠을 깨고
간밤에 불던 된바람 잠이 들었으니
태양이 기지개를 켜며 나를 깨운다

방문 밖 저편
양지녘 산모퉁이엔
연분홍 진달래가 아침 이슬에 세수하니
아이야, 동심에 뛰노는 아이야
미풍에 볼을 씻는 산보가자꾸나
검둥이도 흥에 겨워 저만치 앞장선다

갯마을 소녀

갯물에 씻은 듯
까아만 얼굴
노오란 개나리 가슴에 안고
갯마을 소녀가 학교에 간다

함박꽃처럼 피어나는
향긋한 미소
소녀의 웃음은 향기가 있다
너와 내가 소유하지 못한 웃음을 지닌
소녀는
감미로운 갯마을의 내음을 지녔다

소녀는 그저
콧노래와 화사한 봄날의 미소로써
겨우내 된바람과 싸워 지친
내 영혼의 문을 열고
나를 영롱한 아침으로 이끄나니
내게 부족함이 없어라

소녀야,

나는 너의 마음을 빌어

일그러진 세파(世波) 속에

방황하는 나를 찾고 싶구나

노래를 불러다오

푸른 창공을 수수 나는

하얀 갈매기의 꿈을 내게 들려다오

천사의 비수가 나의 심장을 관통해

나를 잠재울 때까지 즐거이 들을지니

백열등 불빛 아래

하루가 간다
지칠 줄 모르는 시간의 모래 더미 위에서 뛰며
헉헉거리는 한낮의 태양
그 속에 내가 간다

사막을 오가는 목마른 낙타와 같이
말없이 오늘을 걷는 전원 속 방랑자

이마에 땀을 닦자
더운 열기와 싸워 발하는 수정 덩어리
검붉은 피부를 적셔
내 골 깊은 시름을 씻어내는 정화수
나는 너를 즐겨 맞으러 여기에 섰다

하루가 간다
땅거미 스며드는 골목을 토하는 석양은
나를 나의 침실로 이끄나니
그때야 비로소 관능의 동물이 되도다

백열등 불빛 아래 또 하루가 가면

솟구치는 심장의 박동 소리를 달래며

밤하늘 떠도는 별이 되도다

눈을 감는다

숨을 죽인다

밤의 애가

밤이 아름답다

모두가 잠들어 고요함이 아득한 이 밤

난 혼자이고 싶다

어디론가 떠나고 싶다

별들이 들려주는 이야기 속에 잠시 머물다

굽이굽이 흐르는 적막감에 젖어 들면

나는 한 마리 작은 밤새

무엇을 찾아가는지

뉘를 찾는지 알 수 없지만

달빛 맞으러 별빛 잡으러

여름 야경 사냥꾼 되어

밤하늘을 달린다

밤이 아름답다

풀벌레 노랫소리 귓전에 머물고

시냇가 물소리 구슬피 들려오면

입가엔 슬픈 멜로디가 어둠 속을 걷는다

밤이 아름답다

곤히 잠들어 슬픔에 젖는 밤

밤은 시인의 서재요, 침실이다

넘실넘실 넘칠 듯한 굽은 산맥들

밤은 검은 바다의 창시자

그 속을 걷는 나는

하나의 생명체로 존속하는 유기체인 것을

이리도 끝없는 심해의 늪에서

헤어나지 못하는 것일까?

밤이 아름다워 눈물에 젖는 밤

서녘 하늘에 유성이 하얀 여운을 남기며

실기둥처럼 떨어진다

전설 속에 비춰진 그 옛날 그 유성이 지는데

그 누구의 일생에 종지부를 알리는가?

밤은 내일을 위해 예약된 여행자의 안식처

인생은 변신을 꿈꾸는 인간의 끝없는 여행

미로의 숲에서 그렇게 방황하며, 몸부림치며, 안주하며,

귀로에 접어들면 끝이다

아, 이제 나는 끝없는 여행을 떠나야 한다
비록 나와 같이할 동행인이 없어도
노래와 시와 밤이 있으면 그뿐이니
슬픔이여, 밀려오라

밤은 희미한 나의 뇌리를
더욱 더 다그치는 뇌성이 되었도다
나는 검은 피를 토하고
여기 한 인간이기보다는 한 짐승으로 죽으리니
슬픔이여 나의 밤을 노래해다오
전생에 그렇게 나는 슬픔을 가꾸고
이렇게 오늘 밤 슬퍼하는가

달(月)

I

어둔 하늘에 부메랑이 날고 있소
날카로운 날을 치켜세우고
재력가의 비리와 권력과의 횡포에 맞서 싸운 듯
욕망의 늪을 벨 듯 세찬 기백이오

예리한 칼끝을 목에 드리우고
매서운 눈빛으로 질책하는 그대는 달빛

나르는 부메랑을 나는 잡을 수 없소
산하에서, 들판에서, 망망대해에서
그대는 나의 주위를 맴도나
온전히 나의 허물을 벗겨 새 옷으로 갈아 입히진 못해

아, 그 무엇이 나의 거울이 되어 줄거나
상심한 별빛은 그대 떠난 밤하늘을 지키나니
호젓한 마음 별과 함께 세우리

II

가을걷이 들녘의 농부처럼

반을 떼어 하늘에 바치우고

쓰라린 가슴으로 갈색의 언덕을 넘는

너는 농부가 되어라

화려하진 않지만 순결하고

좀처럼 쓰러지지 않는 투사로

너는 들녘의 파수꾼이 되어라

별 하나를 그리며 꿈속을 거니는 아가,

아무런 걱정도 없고, 시기와 질투심도 없는 갓난아이에게

너는 자장가를 들려주는 음악가가 되어라

그 후엔

바닷바람 몰고 나의 하늘에

하얀 눈가루를 뿌리우고

나에게로 와서 나의 반쪽이 되어라

III

너는 나의 거울이 되려느냐

갈색 체크무늬 들녘의 바람을 닮은 너는

그렇게 아름다운 심성을 지녔구나

하나의 무엇을 이루기 위해

흙 속에 묻힌 나의 체온을 느끼며

너는 밤마다 웃고, 울며 노래를 불렀지

맑고 청아한 목소리로

너는 유난히 밤을 좋아했고

오늘 같은 밤이면

끝없는 침묵 속에 잠긴 나의 얼굴에

환한 미소를 선사하고

또 나의 사랑을 피어나게 했지

오만한 사람 앞에서도

허위와 시기하는 사람 앞에서도 침묵했고

사랑하는 사람 앞에서도

인생의 참된 진리 앞에서도 너는 침묵했다

그래서 너는 항상 자연에 순응하고 만족하며

까마득한 날로부터 존속해 왔음이라

이렇듯 내가 너를 닮아가고 있음은

내가 나를 비추고

밤을 지키는 파수꾼임이어라

첫눈이 오면

첫눈이 오면 사랑을 하겠어요
나무마다 하얀 눈꽃이 피어나듯
나의 사랑을 꽃피우겠어요

첫눈이 오면 편지를 쓰겠어요
솜처럼 포근한 백설을 가득 담아
그대 창에 아름드리 띄워 드리지요

가슴 졸이며 기다린 속삭임으로
그대 가슴에 그리움 더하고
나의 하늘에 태양은 다시 뜨리니

촛불을 밝히고
오직 그대에게만 드리지요
눈처럼 하얀 나의 마음을
갈대꽃이 핀 들녘에
하얀 첫눈이 오면

차창 밖엔 너울이

지는 해를 싣고 달리는 승합버스
이국땅을 달리는 듯 낯선 곳으로 달려만 간다

가로수 은행잎이 날리는 거리엔
여전히 행인들의 발걸음이 바쁘다
제각기 보금자리를 찾는가!

바람은 텃세를 부리며
힘껏 그 위력을 과시한다

무거운 얼굴들을 가득 실은 버스는
지칠 줄 모르며 달리고
지친 몸을 기댄 채 모두 눈을 감았다

홀로 된 내 생각은 철탑으로 이어져
산봉우리를 날고 한없는 허공을 난다

모두가 외면하고 떠나간 자리에 내가 섰다

그래서 그들은 야유와 질책의 눈초리를

내게 보낼 것이다

그러나 인간은

생존만을 위해 존재하는 것이 아니기에

거친 광야에서 부모님을 지켜야 하겠기에

그들이 생존을 위해 떠난다면

나는 그 빈자리를 지키리라

허공을 날던 나의 넋은

그루터기만 남은 논 위를 걷다가

나에게로 와 앉는다

지금 내가 슬픔을 못 이기고

고독을 쌓아 가는 것은

내 마음에 온전한 집을 세우지 못했음일 게다

멀리 차창 밖엔 너울이 지는데

한 젊은 사나이의 넋두리 또한 너울지는데

무심히 버스는 어둠 속으로 빠져만 든다

숲속을 걷는 날엔

숲속을 걷는 날엔
나 하나의 상념을 펼치고
소나무 숲을 따라 막연히 길을 떠난다

산새들 쪼아대는 소리도 슬프고
낙엽을 여의고 걷는
외길은 더욱 슬프다

떡갈나무 잎새 사이로
상념의 강은 흐르고
내 마음속 네가 머물던 성은
조금씩 야위어 가는데
막연한 근심으로 서성이는 그 길은 너무 외로워

너는 나에게
너무도 멀리서 그리는 작은 미소를 띠고
또 밤하늘 작은 별이 되어 나에게 다가오지만
나는 그 공간의 상념에 머물 뿐

가까이 갈 수가 없었다

소리 내어 불러 보지만 너는
왠지 모를 벽에 가려 들을 수 없는
고독한 새가 되어 있었다

목놓아 울어도 듣지 못하는 사람아
나는 멀리서 그대를 그리며
숲속을 걷나니
이젠 불타는 상념의 벽을 허물고
그대 내가 머물 섬이 있다면
그곳에 머물게 해다오
잔잔한 물결이 밀려와서 부서지고
별빛이 살랑이는 그 위에
노 저어 노 저어 가리니

겨울비

잠자는 대지를 깨우고저
젖은 하늘의 속삭임을 드리우는
작은 눈물의 결정체
비가 내린다

갈대밭의 갈대들은
젖은 머리 곱게 빗어 한들한들
보리밭에 보리는 따끔따끔
동백나무 꽃망울은 근질근질
소나무 잎사귀엔 망울망울
떡갈나무 가지 위엔 깃을 접은 비비새
잠시 고독을 소유한다

겨울비,
그리고 차가웠던 어린 시절,
따뜻한 어머니의 손아귀,
무심히 스쳐 지나가는 생각들이
빗물 되어 먼 개천으로 흐른다

주워 담을 수 없는 곳으로 유유히

얼 수밖에 없었던 땅
그래도 그 땅을 뚫고 생존의 뿌리를 내리는
식물이 있다면 나는
그 푸른 대지를 가꾸는 비가 되리라

묵시(墨示)의 편지

침묵이 흐르고
감정을 삼킨 채 하늘을 본다
그저 바라만 볼 뿐이다

작은 미소로도 띄울 수 있는
사랑의 그 편지

너에게로 가서는
차가운 좌절의 독배를 머금고
돌아서는 그 편지

묵시의 편지는 슬프다
주인 없는 그 편지는
바위만큼이나 고독하고 쓸쓸하다

말로써 행동을 만들지 말며
행동으로써 말할 수 있을 때까지
혼자가 되겠다던 어느 시인의 말처럼

묵시의 편지는 혼자일 수밖에 없는 것일까

오늘도 나는 너의 창문 앞에 와서 편지를 쓰나니

침묵이 흐르고

그저 바라만 볼 뿐이다

파도

일렁이는 침묵을 안고

하얀 집을 짓는

해변의 건축가여

오늘은 어디쯤 나의 집을 지어

슬픈 바다에 배를 띄울까?

갈매기의 꿈도 사라져

이제는 눈물만 흐르는

수평선 백색의 미로에서

너는 뉘를 찾아 방황하느냐?

네가 삼켜버리는 침묵의 시간들도

지금 내 곁엔 없는데

너는 무엇을 바라는가?

그래 노래를 들려주마

환희에 찬,

네가 좋아하는

네가 즐겨 부르던 경쾌한 리듬의 장단들을

지칠 줄 모르는
너의 끊임없는 입씨름들은
무기력한 내 모습을, 내 사랑을
질책하려는가 보다

오늘도
너의 슬픔과 나의 슬픔이 만나는
해변의 바위섬엔
어느 여류 시인의 상념이 불타고
황혼빛 노을이 노닐고 있을 게다
차가운 갯바람과 함께

사랑과 고독

지금 누군가를 사랑한다는 것은
가슴 여린 내 밤하늘에
조금씩 고독을 쌓아 가는 것이다

고독한 목마
그대는 진정 사랑의 소유자다

낙엽을 사랑하고
바람을 사랑하고
님을 그리워하는 건
고독한 사람의 몫이니
곧 고독은 사랑의 원천이다

오늘도 두 상념의 창을 열고
불면의 밤을 지새우니
나는 진정 누군가를 사랑하는가 보다

바람은 가고 나는 띄우네

가라, 바람이여!

겨우내 내 뜰에 머물던 번지 있는 바람이여!

가거라 푸른 물결 찰랑이는 그대의 이상으로

돛이 되어 줄거나,

노를 저어 줄거나

아니면, 바람이 되어 줄거나

봄비 오는 거리에서 하늘을 본다

그리도 아름다운 슬픔과 싸워야 했던 날들

나의 자리로 회귀했으면 바라던 꿈들을 안고서

비를 맞는다

가라, 내 마음에 섬이 되었던 노래여!

들꽃처럼 청순한 생김생김

나 이제 종이배 하나 띄운다

그대를 싣고서

가다가다 지쳐 잠이 들면

나의 항구에 잠시 쉬었다 가도 좋소

사심 없는 안식처를 내어 드리리니

가라, 내 하늘에 빛이 되었던 청춘이여!

주인 없는 편지의 주인이 되었던 슬픔이여!

가거라 저 평온한 그대의 침실로

서로의 등을 떠밀며

혼미한 안개 속의 나그네가 되련가

어차피 우린

많은 사람 속에 타인일 수밖에 없었던

존재인가 보다

겨울 가면

주여,
겨울 가면 잊히리까
스쳐 지나는 바람 앞에 어색한 미소를 띠며
떠나야 했던 순간을
한때는 그리움의 찬란한 태양을
또 한때는 북풍의 눈보라를 던지며
슬픈 너울의 터를 닦고 돌아서는 시간 속에서
나는 무엇을 찾아야 합니까

주여,
안개비가 내립니다
거리의 불빛이 아스팔트 길 위에 젖어
지나치는 자동차의 물보라를 만듭니다
밤마다 이 길을 오가며
나는 고독한 휘파람새로 남습니다
그 아름다운 감정들을 식혀가면서

주여,

이제 나를 지우고 싶습니다

친구도 아닌, 연인도 아닌 한 사람의 기억 속에서

사랑 앞에 노출된 내 마음의 흔적들이

먼 훗날에 추억으로 남을지라도

이젠 철저히 나를 지키고 싶습니다

주여,

지금 나에겐

사랑의 감정들은 남아 있지 않습니다

사랑하는 사람을 떠나보낸 뒤

머지않아 그 누군가를 만난다지만

그 누군가가 내게 다가올 때

그 감정들을 재현할 수 없다면 주여,

이는 어디서 오는 내 마음의 앙금입니까

일몰의 창

해가 지누나
산바람,
바닷바람,
모두 몰고 해 지누나

자색 빛 둥근 메달 황혼에 잠기어
보는 사람마다 감탄사를 불러내고
저녁 어스름 앞세우고 해가 지누나

깃을 접은 산새들 둥지를 틀고
일터의 농부네들 지친 몸 끌며 집을 찾는
땅거미 부르는 해가 지누나

황혼 속에 젖어 흐르는
눈물을 머금고 사는 사람들의 내시경
저기 저 지는 해
누가 볼거나

강렬했던 태양의 속삭임도

이젠 바다 건너 저편 사람들의 몫

시간의 흐름을 거역하지 못하고

열두 살 난 꼬맹이의 볼이러니

수줍어, 수줍어 금세 지고 말았네

가을 편지

가을에는 편지를 쓰리오
뒹구는 낙엽을 모아 태우며
한 가닥 나의 슬픔을 한 올 한 올 뜰래요

노오란 물결을 조금씩 삼켜버리는
계절의 고갯마루에서
고독한 족속의 눈빛에 미소를 주는
풍요한 마음의 편지를 띄우지요

그래, 낙엽이며,

갈바람이며,

스잔한 풍경들이며,

광주리 듬뿍 담아 느껴보시라고

가을에는 편지를 쓰겠습니다

혹, 받지 못했다면

눈을 감고 마을을 열어요

그리고 느껴보세요

신이 내리는 계절의 슬픈 이름들을

까치밥

우리 마음의 향수
대롱대롱 가지 위에 달렸다

계절이 영글어가는 때를 따라
익어가던 진홍빛 농군의 인정

오늘도 마지막 빛을 얻기 위해
무서리 속에서도 너는 고독했는가?

짜릿짜릿한 찬 바람의 시련 속에서
하나둘씩 소멸해 가는 상념들이
저 아침 까치의 밥이 되었네라

슬픔의 가치

슬픔은 사랑입니다
사랑하기 때문에 슬프다는 것은
고독한 까닭입니다
다가설 수 없는 자리
그렇기 때문에 슬프고
슬픔은 삶의 원천으로 흘러
지친 몸을 눕혀
다시 재기할 수 있는 빛의 근원
그 터에 나를 지키우니
아, 슬픔의 가치를 나는 느끼고 있군요

인간의 가치를 저울질하는 현실 속에서
우린 무엇을 더 바랄 수 있을까?

슬픈 감성으로 다가설 수 없는 세상은
애절한 사랑이 없습니다
세상은 슬픈 나그네의 음률이
펼쳐진 악보처럼

서정의 노래로 존재하는 것
사랑하기 때문에 슬픈 것은 신의 심정
아, 슬픔의 가치를 마냥 느끼고 있네요

간증의 손길

서로를 껴안고 눈물을 흘릴 때
간증의 향기는 멜로디 되어
심정의 중심을 이루고
어리석은 마음의 티를 씻기우니
슬픔의 강은 침묵으로 흐르네

입김으로 받아온 따뜻한 체온
가슴 깊은 곳에 머물러
눈가에 이슬이 맺혔으니
그 누구를 위한 진주인가?

꺼져가는 불씨가 당신 앞에 엎드려 신음할 때
당신이 살아 있음을 간증하시어
어린 양의 입속에 새 생명수를 불어넣고
새롭게 다시 태어나게 하시니
이는 간증의 손길을 위한 복음입니다

도시의 화음

자동차 소리가 고요한 도시의 침묵을 깨고
어둠의 장막을 살풀이하며
도시의 아침은 시작되었다

일어선 햇살의 장단을 받아
피어나는 화음을
우리는 호흡이라 했다

목을 조르는 소음이
도시의 화음이 된 것은
먼 옛일이 아니지만
그 화음에 춤과 노래를 즐기며 살아가는 우리를
현대인은 도시인이라 했다

도시인은 그 화음에 익숙치 않으면
도태하고 만다는 것을 잘 알고 있었고
그것은 마치 어항의 기포처럼
인간의 호흡이 되었다

논두렁에 누워

나부끼는 구름 한 점
새하얀 집을 짓고

거센 시위를 당긴 궁사의 화살은
자꾸만 쏟아지는데

시름겨워 낫 놓고
논두렁에 누웠으니

세상이 내 것인 양
품 안에 안기누나

저만치 들려오는
개구리의 합창일랑
새참 쉬는 농부님네
탁주의 반주려니

구름아, 번지 없이 떠도는 구름아

5월의 들녘에 그림자 드리우고
잠깐 쉬어 가려마

안락한 너의 품에
내 잠시 여장을 풀어
시름을 덜어 볼까 하노라

마지막 몸짓

산다는 건
살아 있다는 건
마지막 몸짓을 위한
세상과의 대화

어디에서 시작하여
어디로 가야 하는지
절규하는 목마름으로도
인생의 의미를 다하지 못하고
삶을 마감하는 민중의 꽃들이
묘비 되어 서다

타협하며 살기엔
힘든 세상
민중의 대변자는 이런 말들을 중얼거리며
마지막 몸짓
그 힘겨운 발악의 줄을 끊고
오늘

또

내일

그렇게 사라져 갈 것이다

삶의 방식

삶에는 일정한 기준도
일정한 공식도 없습니다

그러나 누구든지 그 속에서
자기만의 공식을 얻기 위해 노력하며
조금씩 그 틀을 맞추어 갑니다

그것을 우리는 모든 이에게 증명하려 하며
하나둘씩 둘러앉은 좌담 속에 논제가 되어
술잔처럼 오고 갑니다

때때로 그 논쟁은 편견 속에 흐를 수도 있고
개개인의 공감대를 형성하여
보편적인 삶의 표상이 될 수도 있습니다

여기서 우리는
누구의 주장이 옳고 그름을 단정하기에 앞서
개개인의 삶을 인정하고

하나의 인격체로 대우해야 합니다

그것이 편견이라는 혹을 떼고
진정한 우리네 삶을 살아가는 방식이 아닌가 싶습니다

당부

폭풍의 전야
그 혼돈한 뇌리의 탈피

이제는 평온한 대지의 가슴으로 다가와
안락한 가정의 객체로서
가정을 지키고 이끄는 존재가 된
너희 모습을 볼 때
하늘은 정의 편에서
스스로 일어서는 사람에게 있다는 것을
이 시간 상념 상념을 넘어
가슴 깊숙이 서려 있음을 느낀다

때때로 원하지는 않았지만
우리의 환경은 순종을 강요하면서
우리 앞에 펼쳐진다
그 환경들에 순응할 사람도 우리 자신이고
역행할 사람 또한 우리 자신이다
현명한 사람은 그 환경에 순응하며

그 환경에 동화된 사람이 되기 위해

끊임없이 노력하는 사람이며

무지한 사람은 그 환경을 거부하고

과거에 집착하여 자기 체면에 걸린 사람이 됨으로 말미암아

결국 삶의 지표를 잃게 되는 사람이다

판단은 자기 자신의 몫

후회 없는 삶을 위해 현실에 안주하지 말고

자기개발(인성)에 노력하는

사람이 되어야 한다.

아버지의 멍에

가을이 오는 길목에서
세상을 뒤로한 채
또 다른 세상에 입문하여야 했던
나의 아버지

육십 평생을 나 아닌 우리를 지키며
홀로 묵묵히 걸어온 인생길을
두 아이의 아비가 된 내가
지금 걷고 있네요

그땐 미처 몰랐습니다
당신이 얼마나 소중하고 귀한 존재인 것을

한 가정의 가장의 자리에서
홀로 감당해야 했던 삶의 고뇌
그 속에서 오랜 지병과 싸우며
선함은 악함을 포용할 수 있다는 진리를
깨닫게 해준 당신의 삶

그 무거운 멍에를

두 어깨에 짊어지고

이끌어야 했던 순간순간들이

주마등처럼 눈가를 스쳐 갑니다.